금시아 시집

고요한 세상의 쓸쓸함은 물밑 한 뼘 어디쯤일까

시선 196

고요한 세상의 쓸쓸함은 물밑 한 뼘 어디쯤일까

인쇄 · 2024년 9월 10일 ┃ 발행 · 2024년 9월 23일

지은이 · 금시아
펴낸이 · 한봉숙
펴낸곳 · 푸른사상사

주간 · 맹문재 ┃ 편집 · 지순이, 김수란, 노현정 ┃ 마케팅 · 한정규
등록 · 1999년 7월 8일 제2-2876호
주소 · 경기도 파주시 회동길 337-16(서패동 470-6) 푸른사상사
대표전화 · 031) 955-9111(2) ┃ 팩시밀리 · 031) 955-9114
이메일 · prun21c@hanmail.net
홈페이지 · http://www.prun21c.com

ISBN 979-11-308-2073-3   03810
값 12,000원

이 도서는 강원특별자치도, 강원문화재단 후원으로 발간되었습니다.

푸른사상
시선

196

고요한 세상의 쓸쓸함은
물밑 한 뼘 어디쯤일까

금시아 시집

푸른사상
PRUNSASANG

여름 독촉을 전지하는 시간

어느새 이리 멀리 왔을까

떠나는 사람이 많아지고 낯가림이 느슨해진다

길목마다 도돌이표를 세워놓았지만

아무도 돌아오지 않는다

그리움이 무성해서 참 다행이다

장마를 보낸 후

베란다에 또 하나의 여름을 심는다

2024년 9월
금시아

| 차례 |

■ 시인의 말

제1부 깜짝 놀라 입을 꼭 다문 노을을

제2부 슬픔조차 눈 녹듯 꽃피어 손 없는

제3부 그림자가 그림자의 풍문을 위로하면

제4부 조각난 잠에서 채취한 빛의 지문들

제1부

깜짝 놀라 입을 꼭 다문 노을을

동검도

— 성지순례

동냥자루 같은

마음 하나 둘러메고

검붉은 고양이 눈으로 흩어지는

아름다운

도망,

이 발칙한 하루!

하루, 그리고 도꼬마리 씨

그대의 사주는 역마살입니까
흩어지는 여행은 늘 성급합니다

멀리 갈 요량으로 아무 다리나 잡았던가요
풀숲을 탈옥할 각오쯤은 물론 있었겠지요

온몸에 도꼬마리 붙어 왔던 날, 운명은 날갯짓이었나요

깜짝 놀라 뒤돌아가는 절망에도, 옆길로 피해 달아나는 불빛에도 어김없이 달라붙길 좋아하던 그대는 막내처럼 붙임성이 좋았지요 빚쟁이들의 까칠한 추심같이 좀체 떨어질 기미조차 보이지 않는 불행을 떼어내다 보니 누구에게나 다가오는 한 생(生)일뿐이었군요

솜털 같은 촉은 이미 던져진 미늘이었나요
새장 속의 새는 분홍이었던가요

담쟁이 주파수 쪽으로

입술을 깨물고 글썽이는 도꼬마리의 여름
범람해서 흰 눈 속에서조차 번식합니다

속내 궁금한 달의 주기처럼
어떤 천적도 없어 흩어지고 마는 빛과 어둠
하루, 그리고 도꼬마리 씨

그대는 아직 위험합니까

노을을 캐다

새빨갛게 물든 한 폭의 안골포
저녁 해가 횃불처럼 포구를 밝히는 동안
바다와 갯벌 그 배접 끝에서
노부부가
노을을 캐고 있다

늙은 아내가 호미로 한 움큼씩 노을을 캐내면
노인은 깜짝 놀라 입을 꼭 다문 노을을
얼른 망에 주워 담는다
횃불이 사그라지기 전에
딱 하루만큼만 채운 노을 자루를
비척비척 밀며 끌며 가는 노부부의
느리고 굼뜬 실루엣,
저리 더딘데 어느새 이리 멀리 왔을까

캐낸다는 것은
자벌레처럼
수없이 구부정한 허리를 폈다가 구부리는 수행

생채기 덧나고 덧나 굳은살 박인
오체투지 같은 것

끝없는 이야기처럼
막다른 아픔과 적막한 슬픔이 물든
안골포의 하루 퇴장하면
호밋자루처럼 접힌 노부부의 긴 그림자
가로등 환한 언덕을
달팽이처럼 기어 올라간다

큰 대야 속의 노을
뻐끔뻐끔 밭은 잠을 해감하는 동안
밤새 칠흑 같은 갯벌은 두근두근 여울지겠다

머구리 K

바다는 그를 발탁했다

물고기 숨으로 바다를 통역하는 머구리의 본능과 천리안
으로 물을 물색하는 사내 K가 바다에겐 안성맞춤이었을 것
이다

바닷속에 들어가 바다를 제시간에 건져내는 일은 자신을
소생시키는 골든타임,

그러나 K는 바다를 배신하지 않았다

긴 호스로 공급되는 지상의 탯줄을 끊고 물속에서도 물
밖을 유유히 들이쉬는 물고기 근육과 아가미를 가진 K는 이
미 바다의 생물체,

바다를 가장 오래 걸을 수 있는 그의 몸은 어떤 수압에도
끄떡없어 혹등고래 지느러미처럼 유려하겠다

바다를 박차고 높이 뛰어오른다거나 폭풍우 치는 밤 아무

도 몰래 부둣가를 순찰하고 돌아간다면 그도 물 밖이 그립
다는 것일 게다

　바다를 향해 수저 한 벌 가지런히 올린다

　K, 그는 지금 심해 어느 수심을

김유정역

노란 동백꽃을 흩뿌려 꽃점을 쳐요

툭 잘린 봄의 매듭을 쫓아요
절명한 문장들, 소낙비에 젖어요

오행이 조화로운
아직 한 일생도 기웃거려보지 않은
노란 꽃 사주 한 아름 넣고
서러운 영혼을 우려요

산골 나그네 젖은 눈웃음
동백숲길에 노랗게 번져요

봉당을 오르면
우주에서 떨어지는 노란 꽃잎 하나,
중력을 거슬러 다시 도래할까요?

활짝 핀 봄,

꽃점의 수작이 아늑하군요

이번 역은 김유정역입니다

여름을 잃어버린 사람

사람이 나간 사람 속에는 한동안
화가 난 사람이 살고 있네

사람이 빠져나간 사람의 여름을 열어보면
뙤약볕과 짙은 그늘에는
술 취한 오후가 널브러져 있고
시들한 고추밭과 빈둥거리는 마당이
나뒹굴거나 내팽개쳐져 있었네
우기는 다정하다가도 저녁이면
툭 잘린 낭떠러지처럼 멀어졌고
화는 메마른 땅에서도 무럭무럭 자랐네
졸린 여름은 가물고 허기져서
보기에 축 처져 있는 것 같았지만
화의 체감온도 높아지면
무성하게 자란 주정과 허방이
곰국처럼 끓었네
여름을 잃어버린 사람은
화가 많아 허술한 사람

땡볕에서도 눈 빠진 새벽을 껴안고
텅 빈 겨울 속을 뒹구는 사람
그저 한 사람이 빠져나갔을 뿐인데

사람 속에 들거나 사람을 들이는 일
참 지극하고 허술한 일이네

눈곱

사과를 돌려 깎듯
잠의 경계를 도는 행성

현관문을 잠그듯 두 눈을 꼭 감는다
잠의 고산을 넘나드는 동안
한 번도 깜빡거리지 않아
미세먼지 가득한
빨간 하품의 주기

잠은,
별을 셀 수 없어
달팽이 양 뿔처럼 분쟁이다
밤새 외줄을 타고 꿈을 야근한다

잠의 우주를 기웃거리는 축지지술
슬픈 낮과 밤을 깁고 수리하는
눈곱은,

아침 부스러기

눈 붉은 거울 앞에 앉아 꼬박
선잠을 달려온 얼룩을 떼어낸다

궁리포구

포구들이란
망망(茫茫)을 뒤지던 배들이 돌아와
흘수선 끝에서 잠드는 곳
두 눈과 귀를 틀어막아도 가득한 곳

막다른 길목의 궁리는 포구로 간다

잘생긴 궁리의 일몰 속에는
초모랑마를 넘는 양치기의 얼굴이 있고
밤 외출하는 여자 같은 모호한 입술이 있어
사막고원을 넘는 시원(始原)처럼
바다의 서쪽 시간들
황금빛으로 끼룩거린다

뒤죽박죽 얽히고설킨 궁리의 초점
활시위를 팽팽하게 당긴다

내게 주는 구제처럼

오직 자신의 심장 소리에만 골몰할 수 있는
'아멘 코너' 같은 궁리포구,
기억 저 밑바닥에서부터 젖어오는
슬픔을 다독거리는

궁리의 잠, 무탈하다

한여름 낮잠, 아다지오

바위입니까, 절지동물입니까
아니면 핀 적 없는 겨울입니까

온 산 울울창창한 녹음 속에서
팔다리 다 잘라낸 채 숨은 듯 가려진 듯
벌거숭이 괴목 하나
묵묵히 염천을 걷고 있습니다

계절을 자절하면 통증이 무뎌질까요
사계절 몸통 바깥을 맴돌아도
낮잠은 그저 뾰족하군요

저 아득한 낮잠은
푸른 세상을 망각한 어떤
쓰라린 예술가의 고독을 닮았습니다

거대한 여름 지휘자의 배열에서 빠져나온
높은음자리 같은 저 자태,

고도의 외톨이 수도승처럼

단 하나뿐인 나를 견디는 중일까요

느리게 느리게 당신을 걷겠습니다

망종 보기

아홉수를 조심해야 해
어디를 보아도 껄끄러웠던 망종 보기

비워졌다 채워지는
민달팽이 절기 망종(芒種) 무렵에는

쌀독 바닥과
보리 껍질 여무는 사이의 공간처럼
엄격하고도 분방한 들판의 규율이 있었지

아이들 웃음소리조차 곤궁스럽던 성화에
까끌까끌한 해의 정수리마저
눈코 뜰 새 없었지

고슴도치 수염에 등허리조차 달라붙어
당신의 말과 입 점점 무거워지던
풋보리 그을린 공갈빵같이 부풀어

수막새처럼 너털웃음 짓던

아홉 번째 절기 망종은
아홉수에 별이 된 아버지의 절후

아홉수를 조심해야 해

독륜차전(獨輪車戰)

보름달을 다듬는다
외바퀴를 깎는다

섣달그믐이 아랫목을 불러 모은다 목수의 연장들이 바쁘
게 추위를 깎고 다듬는다 동네 장정들 산속에서 나무 장정
을 잡아온다 금줄을 치고 손을 익혀 외바퀴를 만든다

정(淨)한 집에서
정(淨)한 사람들이 만든
정(淨)한 술과 음식을 받고 완성되는

하나의 눈,

어떤 구분도 숨김도 없이, 함께 그리고 따로, 서로 당기고
두드려 빚은 장인들의 외눈박이 수레바퀴, 마을 사람들은 가
장 먼저 태어난 달을 받아 안고 싸움터로 나간다 소양강과 우
두벌, 패를 가른다 봉의산 앞뚜루와 뒷뚜루, 승부를 겨룬다

달이 부활하고 천 년이 눈을 뜬다
한 해를 점치는 봄내골 외바퀴 수레싸움

강물이 춤춘다
시끌벅적 달의 함성이 흘러가고 흘러온다

* 춘천 대보름 축제.

한아름 절정을 꽃병에 꽂는다

먼 아랫녘 꽃 소식에 태엽을 맞춘다
꽃의 절정 과녁이 된다

꽃샘추위가 온몸에 도졌다가 사그라진다

꽃밥을 먹다 체한 듯
며칠을 앓고 뒤척인다
급하게 몸살 난 며칠이 또 지나갔던가
남쪽 꽃들 화르르 무너지고
봄 한 귀퉁이 어디론가 훌쩍 떠난다

햇살이 만발한 창가에 앉아 싫증난 스웨터를 푼다
잘 풀리다 따로 묶여진 꽃 만난다
그때는 손 놓고
꽃 푸는 일에 열중해야 한다
묵은 팔뚝까지 잘라낸 꽃으로 무엇을 짤까

겨울에게 입힐 옷은 그만 떠야지

따뜻한 남쪽을
쭉 잡아당겨 몇 그루 생강나무를 심는다
짓무르고 움츠렸던 겨드랑이마다
노란 동백꽃 올챙이들,
톡톡톡 터진다

한 아름 절정을 꽃병에 꽂는다

호수를 읽다

물길을 젓는다
호수 한가운데에서 가만히 노를 놓고
출렁이는 눈을 지그시 감는다
어느새 멀리 떠내려와버린 삶의 오감,

호수에 청진기를 꽂고 물의 심장 소리를 읽는다

눈을 뜨면 자욱했던가
휘청거리던 봄날은 자꾸 설익었던가
검은 구름 휘몰아치며 부서지던 범람들
자각몽은 얼마나 파닥이던 꿈이었을까

쾌속으로 달리는 모터보트의 날갯짓
글썽글썽 묽어지고 헐거워져
투명해지는 동안
삶의 가속만큼 골짝을 굽이쳐온 물의 파장
조용히 섞이고 나누어진다

좀체 오리무중인 호수

그 눈부신 몰두와 채록을 읽고 있는

윤슬의 아미, 진중하다

제2부

슬픔조차 눈 녹듯
꽃피어 손 없는

밑밥

5월의 밀도, 농후해진다

나무 사이 빛살들 낚싯줄을 드리우고 있다

이파리들이 휘갈기는 눈부신 어휘들,

시의 밑밥 풍성해지고

시어들 피라미 떼처럼 꼬리 친다

자, 어느 줄에 매달린 월척, 한 편

덥석 물어볼까

무르익은 시 입질하며

아찔아찔, 봄은 공중부양 중이다

갑골문자

오늘의 일기예보는 두꺼비 울음입니다
낡은 것들이 느릿느릿
낮잠을 자는 집
두꺼비가 마당을 가로질러
어기적어기적 흐릿한 오후를 몰고 옵니다
하늘 한 번 올려다보던 아버지
삽자루를 들고 물꼬를 보러 나섭니다
투두둑 빗방울들
두꺼비 등을 타고 굴절합니다
사각지대의 낡은 일상이 흩어집니다
두껍아 두껍아 헌 집 줄게 새 집 다오
논두렁과 삽자루의 돌림노래 끝이 없습니다
두꺼비의 조짐은 신령스럽습니다
못생긴 두꺼비의 예지를 쫓습니다
물고기와 미끼 사이의 찰나처럼
주술이 관통할까요,
야윈 기적을 산란할까요
두꺼비는 너무 느리고 진지합니다

선천적이거나 후천적이거나
안으로 들어오거나 밖으로 뛰어나가거나
익숙하면서도 사뭇 고요한 빗방울 시간
천방지축 회전문을 들락거립니다
아버지의 갑골문자,
지층의 흉터처럼 가렵습니다
하늘과 들판, 아버지와 두꺼비
전설은 서로 공존할까요
아버지 굽은 등에
꾸룩꾸룩 두꺼비 울음소리 깊어집니다

윤달

저 달을 몇만 번 우려내면
운명을 꿰뚫어 볼 수 있을까

꽃 같은 남자를 보내고
나날이 마른 꽃이었던 어머니

이렇게 쭈글쭈글한 얼굴을 알아볼 수 있을까

아무리 한숨을 밀어내도 그리움은
탱자나무 가시 울타리처럼 촘촘해졌는데

공공 화훼 단지 들어와 산소 자리
봄부터 청사초롱 밝혔는가

하얀 개망초꽃 맨발로 춤추던 날 어머니는
아버지 갈비뼈 어디쯤에 누우셨다

봉분에 침 발라 몰래 들여다보면

갈라지고 무뎌진 발바닥
수줍은 첫날밤처럼 간지러울까

인연은 뫼비우스 띠처럼 궤를 벗어날 줄 몰라
슬픔조차 눈 녹듯 꽃피어 손 없는

달의 시간, 마침내 윤달,

흉터 지느러미

내 꼬리뼈 근처에는
끓는 물속에 살던 물고기가 있다

온도마저 흐릿해져 지느러미만 남은 흉터, 그렇지 흉터
지느러미는 전생이 물고기여서

쏜살같이 내달린 적 많았다
살랑살랑 꼬리 친 적 있었다

슬픔은 울음 쪽으로 굳은살이 박이지만 흉터가 꼭 부정적
인 것만은 아니어서 어떤 슬픈 흉터는 물고기 지문의 본분
으로 온몸을 이끌고 다닌다

휘몰아치는 비탈길이나 급류 앞에서
머뭇거린다거나 뒷걸음질이라도 칠 때면

꼬리 흉터는,

할머니처럼 곱은 손을 내밀거나 부표처럼 발칙하게 도드

라져 복숭아벌레처럼 유유한 키잡이가 되고

꿈자리 파도치는 날이면

꼬리지느러미,
나풀나풀 춤추는 한 마리 나비가 된다

꿈속의 집 1

꿈의 입구와 출구, 늘 안성맞춤이다

이불을 둘둘 말아
안대를 쓰는 편도의 새벽
졸고 있는 빈 마당 어디쯤까지
형광펜으로 쭉 그어진 길
천연덕스럽다

아무 의중도 들어 있지 않은 마당에는
보랏빛 나팔꽃 담장
이자처럼 높아가고
포동포동한 풀밭 담요 살집마다
군침이 돈다

늙은 스님이 흘리고 간
지팡이 자국을 따라
높은 봉우리와 낮은 들판들이 번잡한
멀리 달아나지도 않고

다른 발자국도 피하지 않는

졸졸 물소리가 있는
골목 끝까지 가다 보면
우우 떼 지어 몰려다니다
제풀에 풀썩 무릎 깨져
쏜살같이 달아나는

어린 은신처, 꿈속의 집

꿈속의 집 2

점점 흐릿해지는 발자국들
새끼 꼬아 이어 붙인다

가장 편애하는 지름길 충혈된다

할머니 노잣돈처럼 눈이 쌓인다
할머니 쌈짓돈 두툼해진 날이면
동네 지팡이들
삐거덕삐거덕, 샛문으로 기웃거리고
점집 아들처럼 오소리 발자국 들어서면
가릉가릉 봉초 곰방대의 고집들
우후죽순이었다

눈꺼풀 뒤척이면
솎아낸 자리 드문드문 하듯
웃음이 고여 있는 곳 간질이면
한없이 구겨지고 애태우던 허방도 있어
표정과 의중 아무리 숨겨도

익숙하고 적요한

가득 비어 출입구 안성맞춤인

꿈속의 집

곳곳이 초면이자 타인이다

환생

운명의 수레바퀴

반나절만큼 돌았을까

딱지를 붙이고 퇴출당한 소파 하나,

텃밭 귀퉁이에 나앉아 있다

카드점을 펼친다

질문과 방법을 모색한다

불가피한 운명은 없다

손은 상상과 은유를 동원해

수레바퀴를 재배열한다

우연이나 필연,

어디서 왔을까

어느 별에서 도래한 것일까

봄날,

소파에 꽃창포 만발했다

완장

우당탕탕, 소나기가 한낮을 훔쳐갔네
호수를 건너가는 저녁이 유난히 붉었네

노을 속으로 아득히 날아가는
한 무리의 새들을 보네
새들의 노래가 짧은 하루를 지우고 가면
어둠에도 잠기지 않는 십자가
밤 이마에 불도장을 새기네

언제 뭔 일 있었느냐며
언제나 제자리에서 기세등등한 하루
마치 무렵마다 헛소문처럼 붉은 서쪽

새빨간 거짓말을 닮아 있었네
새빨간 거짓말쟁이네

너는 아직 시간이 많다 하고
나는 벌써 시간이 없다 하네

나는 너의 맨발조차 본 적이 없는데
너는 내 민낯을 보고도 말이 없네

오늘이란 어떤 선동의 완장일까
호락호락은 어디에도 없네

겨우살이

공중에도 혈관이 있다
깊은 숲속 참나무 가지 끝 얽키설키
하얀 겨울의 푸른 혹 덩어리들
산이 앓고 있는 고혈압이다
검은 구름 같은 하늘의 복병이다

베테랑 약초꾼 김 노인
지난겨울 작은 혈관 하나 잃고 쓰러졌다는데
불편한 한쪽 팔 옆구리에 붙인 채
긴 바지랑대로 아스라이 하늘 어디쯤을 겨냥한다
겨우 겨우살이 한 짐 짊어지고
어둑해져서야 비칠비칠 내려오는 김 노인

나무를 키우는 게 하늘의 일이라면
하늘에 기생하는 푸른 병은 공중의 명약일 것
빨갛게 부푼 미세 혈관을 살살 문지르는
높은 병을 낮은 데로 불러 내리는

저 명약은 할머니 약손이다

한겨울의 푸른 겨우살이,
몸에 붙은 병이 몸을 가져가는 것을 본다
김 노인이 오래 살아야 한다면
병은 더 오래 살아야 한다

기억한다는 것,

— 윤희순 동상 아래에서

한 손엔 꿈을 들고 또 한 손엔 책을 들고

잃어가는 빛 살리고자

푸른 별처럼 저항하고 대적했던 그녀

하얗게 불쏘시개가 된 백색 숨결

기억을 소환하고 조립한다

깃발처럼 펄럭이는 그녀의 치맛자락은

밝은 곳으로 날아가는 꿈들의 소실점,

공지천 잔디밭을 가로지르면

우뚝, 망망대해 부표처럼 서 있는 그녀

그녀를 방생한다

기억한다는 것은 우리의 좌표,

돌아오거나 표류하거나

이파리가 물든다고 하면 안 되나

호숫가에 빨갛게 녹슨 거대한
폐철골조물 하나,
사람의 전용 날짜가 아니더라도
범람하거나 가물지도 않아
딱 먹고살기 좋은 붉은 수인성 날짜가 아닐까
유전일까 돌연변이일까 질병일까

물의 습성으로 삭아가는
수인성의 날짜들 입술을 깨문다
재촉하는 시간 앞에서는
입에서 나오는 말들조차 자꾸 삐걱거리는데
그렇다면 삐걱거림이란
결국 입으로 모여드는 것일까

내 무릎에도 쇠기둥 하나 세워져 있다
입 밖으로 콕콕 쑤신다는 말
먼저 새어 나온다면

내 관절이 점점 붉어진다는 것
쇠붙이도 나와 나란히
속도를 맞추고 있다는 것

사계절 호수와 힘 겨루며 녹슬어가는 철골조물
외계 이방인 불시착이라거나
거식증 걸린 호수가 낳은 사생아라거나
수십 년 지난 풍문들
호숫가의 조망 좋은 풍경이자 배경이 된다

공중의 관절 붉어질 때
이파리가 물든다고 하면 안 되나

콧잔등 얼큰한

한때의 만개,
색깔들을 지배하려던 것은 아니었을까
파하는 술자리를 붙잡고
한 잔만, 딱 한 잔만 더,
바람이 뛰어들자 색들이 나무했다

중얼중얼 노랗고 붉은 주정들,
거칠 것조차 없어 넋 잃고
바람은 옷도 벗어주고 밥도 나누어주었다
친절은 늘 선택적이었다

여기요, 저 부챗살 좀 봐

낮과 밤 못 가린 낙백(落魄) 앞에서 팔랑팔랑은
흥에 겨워 고아가 될지라도
붉고 노란 노래를 지어 바쳤다
콧잔등 얼큰한 각별이었다

경이로운 늦가을 제의 해의추식(解衣推食)

당신이 흩날리고 방치될수록 물들어
구석구석이 따듯해졌다

귀 기울여봐,

국화차 향기를 기울이자
들떴던 봄이 졸린 눈을 감았다
상기된 얼굴들과 동석했으니 불콰한 것일 뿐,
바람은 추락을 도움닫기라 했다

절정의 당신, 이미 만필이었다

꽃적과

꽃들은 예측에서
늘 멀리 있기 십상이다

계절의 본능은 다산의 세상
농부의 사심은 탐스런 세상

숙련된 간호사의 주사처럼
망나니의 단칼처럼

가위손은 자유로워야 하고
자국은 매끄러워야 한다

일찌감치 이별하는 어린 꽃송이들
어느 세상을 배웅하고 마중할까

본능과 사심의 오류투성이 잔혹극은
봄날의 단호한 한 판 승부

꽃샘추위에도
사월의 수심, 분분하다

공지천, 공지어, 그리고

늙은 어머니의 휠체어를 밀며
공지천을 들고나는 늙은 아들이 있다

무지갯빛 지느러미 파닥이며
비상을 꿈꾸는
지푸라기 공지어가 있다

저 물고기는 언제 하늘로 올라간다니
저 물고기는 공지천 명물이라 어딜 못 가요

아들의 채근과 어머니의 졸음
점점 공지어를 닮아가는

공지천 노인도(老人圖),
세상 이치 훤하게 꿰고 있다

제3부

그림자가 그림자의
풍문을 위로하면

히오스섬 여인

머나먼 지구 반대편에서 만난

호탕한 웃음과 깊은 주름이 지중해 나이테 같은

땡볕에 익어버린 갈대머리 입술에 고향 사투리 고스란히
살아 있는

청춘을 표류하다 불혹의 바다에 닻을 내리고 레스토랑 선
장이 된

낮은 콧대를 곤두세우고 메두사처럼 고르곤 외눈박이처
럼 지중해를 밝히고 있는

고대도시 아고라의 거상과 바다를 걸고 거래를 도모했을
듯한

전생에 분명 그리스인 조르바의 연인이었을 것 같은

황금 들녘을 맞이하고서야 허리를 펴던 8대 독자 며느리

꼭 우리 엄마 같은,

고요한 세상의 쓸쓸함은 물밑 한 뼘 어디쯤일까

한여름이 탐욕스레 그림자를 잘라먹고 있었다
그날처럼 장대비가 내린다

기척을 통과한 시간들
폐쇄된 나루에 주저앉아 있고
물과 뭍에서 나는 모든 것들의 적막
파닥파닥 격렬을 핥기 시작한다

한여름이 햇살을 변호하고
그림자가 그림자의 풍문을 위로하면
열 길 넘는 금기들
장대비처럼 세상을 두들기며 깨어날까

고요한 세상의 쓸쓸함은 물밑 한 뼘 어디쯤일까
왜 휘몰아치는 격렬마저 쓸쓸한 것일까

조용히 상을 물리면
어디에도 없고 어디에도 가득해

서늘하거나 다정한 그리움 하나,
소용돌이치며 자정을 돌아나간다

간혹, 이런 장대비의 시간은
그림자 떠난 어떤 기척의 쓸쓸한 자서전이다

제발 내버려두렴, 나의 우주를

징조도 없이 어느 날 문득,

엉뚱한 목표치에 도달하듯 일상이 급변하면 환경은 재빨리 자신의 경계를 재설정한다지

낯선 일상의 등장은 순식간에 익숙함을 제지하거나 편안함을 격리하고 말지

간섭하지 않으며 침범하지 않는 경계
자연의 거리 두기는,
생성보다 더 먼저 존중되는 규칙이었다지

타자끼리 제 영역을 확장해가면서도 어떤 견고한 고통보다 더 먼저 성장하고, 부피와 질량을 알 수 없는 생소한 슬픔과 외로움, 참을 수 없는 고통마저도 묽게 숙성시켜버리고서는, 비로소 가장 작은 따뜻함과 숭고함으로 서로의 눈물 닦아주는

저 자연의 우주는, 고독한 거리 두기에서 출발한 거라지

얼마만큼 시행착오를 거듭해야 얼마만큼 자연스러워야
더 깊이 더 많이 고독해질까

제발 내버려두렴, 나의 우주를

그 짭짤한 배후를 어떻게 알겠어

어젯밤 꿈속에서 '나'를 보았어
조급했던 시간 속의 너는 더욱 초췌했지
옴짝할 수 없는 서늘함은 자박자박
일몰을 따라와
내 발목을 움켜잡았어
안일은 결박되고 안도는 가위눌려
밤새 발버둥쳤던가

우왕좌왕하는 사이
잠깐 열렸다 금세 닫혀버리는 물때,

감춤과 드러냄 사이에서
망연자실은
망설임도 없이 천연스레
덜컥 발목을 잡고 조롱하고는 했잖아
표정과 의중 텅 빈
낮달 같은 꿈속에서도
먹이를 찾은 사막 개미처럼 새벽은

가장 빠른 지름길로 저렇게 눈부신 햇덩이를
벌써 밀어 올리고 있는데

아득한 물때의 속도로 쫓아오는
그 짭짤한 배후를 어떻게 알겠어

모역자

그의 모역은 쉴 새 없이 분신되고
복숭아잎과 개복숭아잎처럼 구별되었다

그의 가장 빈번한 역할은 열외자의 공간, 채널을 돌릴 때
마다 감독의 손짓에 따라 언뜻언뜻 주인공 언저리를 맴돌거
나 틀 안에서 틀 밖을 기웃거리다 어처구니없이 수의를 입
기도 하는 인간 모역자였다

단역과 조연이 제 몫이었던 그는 어느 작은 읍 인구만큼
이나 많은 분신들을 낳았지만 결국 그는 사각의 풍경에서만
무심히 존재하는 세상에서 제일 무거운 사람은 아니었을까

사람과 사람 경계에서 늘 짧게 퇴장하고 짧은 일생 동안
수많은 을(乙)들의 지문 속을 들락거리던 노장은 주인공인
양 수많은 단역을 조연하는 동안 모역이란 다름 아닌 사람
을 열고 들어갔다 사람을 열고 나오는 일이란 걸 알았을 것
이다

낯선 별을 찾아가는 그의 두 눈이 심해 같았다면 그 별 눈

동자에는 자신이 고여 있고 자신의 눈동자에는 그 별이 가
득 담겨 있었기 때문일 것

　모방하고 훔치면서 세상을 창조하는 수많은 모역들이 낯
선 별을 찾아가는 한 올 한 올 섬세한 집합체라면

　나는 지금 어떤 호칭을 역할 중일까
　내 눈에는 누구의 별이 가득 어려 있을까

달빛 좌대

사방은 출렁,
누군가 부르지 않아도
바람을 흉내 내는 고독이 있다

길은 멀리 산봉우리로 이어져
문득 돌아보면
독거노인처럼 졸고 있는 좌대 몇 채,

곁집처럼 기웃거리는
소금쟁이들의 한나절 소란
찰싹찰싹 달아나도
좌대는,
긴 오후의 해바라기처럼 등이 굽는다

저녁노을 뒤따라 조사들 하나둘 돌아가면
띄엄띄엄 혼자를 견디는
달빛 그림자,

뒷목 혈전처럼 삐걱거리는데

부엉이 눈으로 양을 세는
어머니의 묵주기도처럼 달빛 좌대들,
밤눈 밝아 밤새 달을 쫓는다

수몰

물밑 세상의 쓸쓸함,
건기가 되면 돌무더기에 올라앉아 잠시
젖은 몸을 말리곤 하는데

수심이 깨어나는 봄날
웅성거리는 수면을 들여다보면
몇십 년 묵었을 운동장의 물풀들
망가진 자전거의 한쪽 바퀴
물고기들의 비밀 아지트가 되어 분주하겠지

마을 회관에 들어서면 흑백사진들
까까머리 아이들과 줄지어 나란하고
혼례 날, 운동회 날,
상여 나가는 날,
오십 년 전 대소사들 북적북적 소란한데

파르르 호수의 목덜미를 간질이면
발돋움하는 쓸쓸한 그림자들

버들개지 속눈썹을 열고 나와
화들짝, 비상하겠지

심중을 알 수 없어 더욱 충만한
호수의 저 페르소나,

봄밤

　　— 유정에게

꽃샘추위, 불청객처럼 들락거린다

봄밤이 운다 겨우내
핏기도 없이 파르스름하던 산동백 꽃눈
일찌감치 뭉툭하고 여린
쇄골에서부터 터져 나오는데

삼 년 전,
활짝 핀 노란 동백꽃 꺾어와
초록 유리병에 가두었지
초록 속에서는 나를 숨기기 좋았지
살그머니 껴안고 기다림 열어보니

어쩌나, 새빨간 울음이라니

꽃피우고 싶어 꽃피고 싶어
꽃샘추위처럼 토해내던 화병(火病)
새빨간 동백꽃주 한 잔 기울이니

찰랑찰랑 폭설에 고립된 봄밤
젊디젊은 이야기 노랗게 짓무르는 봄밤

까닭도 없이 눈시울 두근거린다

비서(飛絮)

— 김삿갓 1

어린 왕의 별자리
뗏목을 타고 은하수를 건너는 밤

햇살 쪽으로 기운
장송(長松)과 고송(孤松)의 그림자
고개를 숙인 채
어라연을 돌아나가고

바랑을 짊어진 아리랑
강물 속에 잠든
어느 왕조의 비가처럼
하얀 달빛 무릎 새를 파고든다

삿갓 쓴 동강의 버들개지
선돌 속에 제 발톱과 부리를 숨겨놓은 채
고요히 방랑길에 오르면

시공간을 가로지르는 버들개지의 통찰,

바람 한 겹에, 물살 한 장에

유유히 필사된다

비서(飛絮)
— 김삿갓 2

버들개지 심장 하나
깎아지른 절벽을 내려다보네

죽장 들고 삿갓 쓴
가장 낮은 풀잎 문장의 날갯죽지들
낭떠러지에 매달린 채
할미꽃처럼 고개를 숙이네

누더기 한 포기 싹 틔울
눈 귀 없는 고통
버들개지는 슬픔과 회한, 망각조차 없어
두툼한 지상을 열고 나와 흩어지네

빈 동냥자루 갈피갈피마다
세상의 틈새마다
소소(笑笑)한 풀꽃들 피어나네

홀쭉한 해거름의
낡은 겹옷 그림자, 광활하네

눈꼬리

감정의 꼬리는
눈에서부터 나온다

달콤한 목소리는 착각의 볼륨을 높인다
달달한 표정은 착시의 수위를 높인다

꿈틀거리는 공감각의 오류
속삭이는 오감의 속임수

실망과 설렘을 숨긴 채
눈먼 착각과 착시를 쫓는다

우리는 눈꼬리에서 곧잘
서 말의 두근거림을 줍는다

먼나무

　　— 나의 시(詩)

누가 발견했을까요

누가 직감했을까요

칠백 년 만에 눈을 뜬 연꽃 씨앗처럼

먼나무 게슴츠레 막 발육을 시작합니다

영원이란 건 짝을 찾는 일,

연꽃 씨앗 생명은 만 년을 간다는데

먼나무의 발육은 참으로 빠릅니다

빠르게 자라면 너무 웃자라지는 않을까요

혹여 꽃을 피우고 죽는다 해도

백 년을 갈 수 있을까요

마른번개 번쩍이는 낯선 소름과 설렘

영원히 모를 제왕나비의 소망

나의 시(詩),

공중을 빨갛게 물들입니다

얼마나 오래갈 수 있을까요

멀고 먼 아득한 전략입니다

딸기의 계절

딸기를 내밀었을 때 남자 왈,

애자는 의상실 딸이었지
애자보다 애자 엄마가 더 예뻤던
애자보다 애자 옷이 더 예뻤던 애자는
천방지축 설익은 딸기였지

주근깨 애자는 남자친구도 많고 애인도 많았지
골목은 어려서부터 늘 애자에게 눈독을 들였지

그런데 애자는
오백 원어치면 실컷 따먹을 수 있는 딸기밭에서
왜 자꾸 내 턱밑을 파고들었는지
애자가 무서워 내 눈은 딸기가 되고
애자의 별자리는 나의 딸기가 되고
애자와 나는 자꾸자꾸 빨갛게 익어갔지

그리고 애자는

엄마의 남자보다 더 잘생긴 남자를 만났고
의상실 엄마보다 더 잘 살고
예쁜 엄마보다 더 예쁜 딸을 둘이나 낳았지

딸기를 집어 올리면
지금도 턱밑에서 생글거리는 주근깨만 보이고
나는 금세 잘 익은 빨간 딸기가 되고
애자는 애자는 시도 때도 없이 내 목을 간질이는
알레르기 영웅시대,

애자를 내밀었을 때
남자 왈, 나는 딸기를 못 먹어요

제4부

조각난 잠에서
채취한 빛의 지문들

감꽃 소인

두근두근 최초의 설렘들,

감꽃 하나 풋풋한 꿈 하나 꿸 때마다
어슴푸레 궤도를 도는

소우주 하나씩 탄생하곤 했었지

노란 꽃목걸이
그 둥근 궤도에서 피어나던
발칙한 꿈들

궁금해서 더욱 아득하던
소행성들의 태양계

얼마나 눈부셨던가

저 혼자 자체로 발그레 새침했던
나의 감꽃 소인들

아직 아직 안녕할까요

비의 관절

우주의 성장통은 무럭무럭 자랍니다

구름이 무거워지면
어머니는 관절 매듭마다 잠금장치를 채웁니다
삐걱대거나 말랑거리거나 설정해놓은
비밀번호는 주룩주룩입니다

통증의 계절은 한숨보다 빨리 자라고
속말은 미로 속에 갇힙니다

우울한 심기를 봉합하고 방수해도 우기는
어느새 관절을 뚫고 들어와
눅눅하거나 애틋한 제 심경을 이리저리 늘어놓는가 하면
미처 걷어 들이지 못한
뒷마당의 빨간 고추나 빨래처럼
몸속 어딘가 열어놓은 뚜껑이 있다고 자꾸만

달그락거립니다

비가 쏟아집니다
호드기 소리 텅 빈 뒤꼍을 뒹굽니다

저릿저릿한 비의 마디가 없는 광활한 모하비사막에
드문드문 노부부의 이동주택들 정박해 있지만
쾌활한 관절을 위한 나라는 없습니다

어머니가 또각또각 사막을 걸어갑니다
목각 인형 춤을 추는 우주의 뼈마디입니다

오래오래

이미, 그립다거나 궁금하다는 것은
아직 시큼하다거나 벌써 상한 맛
그럴 때면 도착하지 않은 감정 속에
한 숟가락씩 떠 넣고 휘젓는
오래라는 천연 방부제가 있다는데

퇴적된 층층 옛일들 냄새조차 없다면
독특한 제 성깔마저 오래오래 발효되고 숙성되어
투명해졌다는 것,

해탈한 기다림처럼
천 년을 버티고 서 있는 아득한 저 은행나무는
단정 지을 수 없는 번갯불의 의도를
오랫동안 측량 중인지
반쯤 타다 만 옆구리에서 탁 탁 탁
목탁 소리가 난다는데

오래라는 족보 속을 들여다보면

젊은 아버지 곁에 더 새파란 장정 하나
눈에 먼저 가득 차오르는데
얼굴들도 낯선 흑백사진 속에서
그 역시 안녕하며 잘 잊으며 서로 투명해지겠지

오래라는 슬픔을 오래오래 웅얼거리다 보면
두 음이 다정하게 손짓하는 그리움 같아서
눈썹부터 젖어오는
운명을 가늘게 말아 가늠해본다
나는 그에게서 얼마나 오래된 시간일까
나는 얼마나 오래이어야 투명해질까

오래오래는
나로부터 가장 긴 유효기간이다

두 심장을 암벽에 매달았다

달빛 심장은 오작교에서 이식되었다
그녀가 당긴 화살의 지령은 시간을 섬기는 일
길은 지름길 같은 긴 곡선으로
산등성이를 넘어간다

블랙홀은 달콤했다 방향은 맞잡은 손끝으로
암호처럼 엇갈렸을까
달뜬 심장을 이식한 눈먼 여행자들은
새들이 휘어가며 찍어놓은 지문을 읽지 못했다
등줄기 층층에 매복하고 있는 통증들
우물 속 그림자에게 입을 맞춘 미로는
두 심장을 암벽에 매달았다

그녀는 날을 세운 발톱으로 달을 찢었다
꽃향기에 찔린 상처에는 굳은살이 박였다
말(言)들이 날뛰다 간 진흙탕에선 겹겹의 소문이 피었다
길모퉁이 구부러질 때마다

꾹꾹 박아놓은 눈물엔 구름이 굳었다

뚝, 뚝, 동백꽃은 먼 봄을 뱉어내고
흰 심장은 슬멋슬멋 전쟁의 시간을 내려놓는다
두드려보고 또 두드려보고,
그녀는 시간의 등고선을 정복했을까

모래 능선을 박음질하며
뜬눈으로 길을 내던 달의 지문,
파피루스의 비밀이 천천히 드러날수록
서쪽으로 기우는 밤의 세상, 눈부셨다

품안의 천자(天子)

묘지에 이끼 푹신하다

포자의 탈피를 해몽하자면 이끼의 본은 앞산의 깊은 골짝 사이 물참나무 아래 한 봉분에 있었다 천기는 눈 귀 밝은 누추한 노비 아들에게 누설되었다 천자가 되는 비법은 아비의 탈을 벗겨내는 일, 아들은 여인의 깊은 계곡에 죽은 아비를 바쳤다

품안은 소임을 다해 천자를 품었다
개미의 발소리에도 귀를 곤두세우고 별이 밤길을 나서면 두 눈에 쌍심지를 켰다 사선의 모성 위로 어두운 구름이 흘러갔다

천문을 열고 누군가가 이끼를 한 주먹 떼어갔다 군데군데 부스럼이 나 있는 봉분은 뗏장이 영험하다는 것 십년강을 건너 삼천리 버덩을 지나 구만리 고개를 넘어가는 한 마리 짐승의 낯익은 반성이 있다

보름달이 눈을 뜬다

짐승의 은밀한 송곳니, 달빛에 반짝거린다

* 강원 춘천시 북산면 물노리에 있는 한천자묘.

고도(古島), 너는 지금 어디지

투명한 햇살이 너에게 물었을 것이다
지금 어디지
너는 정답을 말했겠지
난센스야, 허공이 오답으로 깨어난다

목이 마른 듯 대답이 없었다 아무것도 없는 네모난 몸들
이 햇살에 상처를 말린다 애초에 옷은 입었던 것일까 햇볕
은 따뜻했지만 추웠고 옷깃을 세운 자라목은 엉성했다 돌화
살촉이 겨누는 침묵을 언뜻 보았던 것 같다

고도(古島)*를 두드리자 청동기가 문을 열었다
천년 잠의 진원지가 파헤쳐졌다
빙빙 황새 한 마리 섬을 정찰하는 동안
물을 밀어내는 반사경처럼 잠의 진저리 해독된다

알 수 없는 세상이 그곳에 있었다 너의 세상은 낙원이었
던가 동검을 든 너는 혹 물무늬였던가 물을 열어야만 만질
수 있는 연대, 연대를 묻지 않는 적자들이 물을 잘라내자 다

리가 생겼다 왈가왈부하는 입들이 커질수록 섬은 눈부시게
해체되었다 침묵은 더욱 불투명해졌다

조각난 잠에서 채취한 빛의 지문들
호수는 어떤 수사법으로 묵음의 세상을 기록할까

고도(古島), 너는 지금 어디지
천년의 물음이 화르르 분서된다

* 춘천 의암호의 섬 중도. 청동기 시대 유적지가 발굴되었고 레고랜드가
  들어섰다.

핸드폰 목걸이

칠순 선물로 사 드렸던
핸드폰 목걸이,
쓸 줄 모른다, 소용없다, 돈 아깝다

엄마는 마냥 손사래를 치셨지

1번에서 8번까지 팔 남매 엮어
울타리를 쳐드렸더니
맏이 건강에 마음 아파 1번 꾸욱
혼자된 여섯째 안쓰러워 날마다 6번을
꾸욱 꾸욱 누르셨지

팔도에 흩어진 팔 알갱이 돌리며
곱은 손 애간장에 날 새던 묵주기도

여덟 조각 퍼즐 맞추듯
외로움과 그리움 더듬더듬 불러놓고는

울컥, 버선발로 먼저 달려 나왔지

구름 한 점 없는 하늘에
온기 없는 핸드폰 목걸이처럼
낮달 피어 있어

엄마,

하고 가만히 안아본다

매화락지

긴 겨울 지나 짧은 봄꿈,

보이시죠,
의사가 고목을 켜고 숨은 돌확을 보여준다
홍매화 꽃잎 몇 개 피어 있다

깊고 깊어 은밀하고도 비밀스러운
손바닥만 한 정원

꽃잎은 어쩌다 저 깊은 곳까지 날아갔을까

밀폐 속에서도 꽃이 핀다면
흩날리는 꽃잎은 생의 골든타임,

꾹꾹 지질러놓았던
붉은 꽃물 든 돌확 뭉텅 잘라내어
의사가 꽃샘추위를 처방한다

돌확의 새 모이는 조금씩 자주 주세요

홍매화 가지 하나 꺾어 식탁에 꽂는다
비밀의 화원이 쾌적해진다

게으른 겨울,
아직도 사랑하시겠습니까

홍시와 망각과 숭배

홍시,

애초에 덜어낼 생각조차 하지 않아
제 속 가득 차 스스로 더 채울 곳 없을 때
방전된 제 몸 가눌 수 없을 때

강단은 주저하지 않는다

바람의 폐부를 훑고
저 아스라이 낙화하고야 마는 붉은 성정
투명해진다

망각,

가시고기는 주저하지 않는다
가릴 수 없는 대낮 다 밝히고
바늘 끝 하나 부르르

떨리게 하지 못하는 백지장일 때

떫은 가슴앓이 대쪽 같아서

두꺼워진 채근 목록 덜어내다가
무거워진 겹겹의 기억 비워내다가 그녀,
흑점이 된다

숭배,

열매 가득해 휘어진 가지들
두 손 모아 땅 가까이까지 고개 숙이는
배웅 받으며

홍시와 그녀,
우주를 밝히고 있다

소양강

일상이 급체해 범람하면 내달리던 강가

강기슭에서 돌팔매질하다 제풀에 지쳐 수면을 바라본다
어떤 골칫거리에도 편견 없다는 듯 단정이나 의혹이나 명령
이 아닌 그저 말갛고 차가운 수평을 오래도록 듣는다

답이라는 건 부러질 듯 휘어진 다음에야 겨우 파닥거리는
것일까 가파른 곡류를 휘돌아와 세상에서 가장 큰 깃발을
흔들고 있을 뿐 무심히 기억하거나 방류하는 저 유유한 처
방전,

하늘이 수면을 쓰윽 베어 구름 내장을 훔쳐 달아난다
도돌이표가 없다

장마

마중이라도 나온 듯

며칠째 창문을 두드렸던가

젖은 나비처럼 파닥거리던 당신

그림자도 없이, 장대비 사이로 날아간다

지상의 다정한 배웅일까

이 먹먹한 위로,

비의 난타, 난타 공연이다

동백꽃

시간이 그의 흑판을 쓱쓱 지웁니다

추월하는 시간은
배경을 회수해 가는 규칙이 있습니다
증류의 피를 가진 그가 돌아섭니다
툭 잘린 짧은 활주로에
불시착하듯
길모퉁이를 돌아가는 몸이 차갑습니다

그의 동백꽃 시간들
금병산 목덜미를 타고 내려와
어디론가 질주합니다
경로를 이탈했다는 내비게이션의 반복처럼
방향을 틀어버린 비상구는 늘
그와 평행선을 긋습니다

무성한 배경을 지워버린 나무의 겨울
별똥별처럼 착지점을 찾아 윤회하는 동안

그가 옆구리를 움찔거리며
깃털처럼 실레마을을 배회합니다
유토피아를 찾아 뒷걸음치는 백미러에
맨몸의 흉터 도드라지듯 쉿!
그가 그곳에 있습니다

아르카디아에도 나는 있다*
동백꽃 스르르 눈을 뜹니다

* 화가 니콜라 푸생의 〈아르카디아의 목자들〉의 원제 차용.

감자 달력

    1.

감자 씨눈을 잘라내는 어머니의 우기, 흰 눈밭 위로 정월의 발자국 여럿 지나갑니다 후미진 곳간에서 씨감자 후끈해지면 벌써 동쪽을 선점한 어머니는 여름 귀를 열어놓는 습관을 키웁니다 햇살 가득 담고 있는 삼월은 간장 항아리 같은 검은 보습의 달, 밭고랑을 함부로 드나들면 안 됩니다 발자국에 놀란 씨앗들 제 뿌리로 안절부절 당신을 움켜잡고 놓아주지 않습니다

    2.

햇살을 외면할수록 굵고 탐스러운 감자의 절묘한 중력을 방책 삼아 깊은 한숨 뭉클해지면 어머니는 울컥, 오월의 외도를 묵인합니다 유월이면 설움보다 더 하얀 눈물로 어머니를 두껍게 북돋아주던 하지(夏至), 푸른 천둥과 돌 바람에 서러운 감자꽃들 어머니의 못난 이름처럼 창백해지고 짓무르면 시름은 풀 죽어 불쑥불쑥 도드라졌다가도 당신의 우기 배시시 따뜻해지곤 했는데요 가득 찬 달 여위어지면 땅 위의 월력들 출산을 서두릅니다 지난겨울 묻어두었던 항아리

차가운 물로 헹궈내면 씨줄 날줄로 꼬아진 감자의 획들은
촘촘하거나 듬성듬성한 채 한 해의 따뜻한 식량입니다

3.

긴긴 동지의 밤 감자는 객식구 늘어 빈방 하나 차지하듯
비로소 살찌운 곡식들의 좌장이 됩니다 겨우내 쳇바퀴 돌던
어머니의 우기, 짙은 어둠이 키운 굵직굵직한 별 한 바구니
머리에 이고 모래시계처럼 우주를 통과합니다 초롱초롱, 밤
하늘의 감자밭 비옥해지는 동안 글썽이는 둥근 월력에서 벗
어난 마지막 날의 당신, 어머니! 한 장 남은 달력 북 찢어지
고 또 한 해 툭 떨어집니다

부드러운 물의 역동적 상상력

맹문재

1.

금시아 시인의 시 세계는 깊은 물과 무거운 물과 넓은 물과 난폭한 물을 부드러운 물로 끌어안고 역동적인 상상력을 펼치는 것으로 의미화할 수 있다. 작품에 등장하는 물은 바다, 강물, 호수, 비, 빗방울, 소나기, 국화차, 술, 장대비, 눈물, 우물 등으로 변주된다. 인천광역시 강화군 길상면 동검리에 있는 동검도, 충남 홍성군 서부면 남당항로 인근에 있는 궁리포구, 그리스의 섬 가운데 다섯 번째로 큰 섬으로 에게해에 있는 히오스섬 등 실제의 지명도 등장한다. 춘천 의암호의 섬인 중도, 강원도 인제군 서화면 무산에서 발원하여 남서류한 뒤 춘천에서 북한강과 합류하는 소양강, 강원도 춘천시에 있는 북한강의 지류인 공지천도 그러하다. 포구, 머구리, 물때, 수몰, 물소리, 피라미 떼, 물고기, 뗏목, 수위, 방수, 우기 등의 어휘도 물의 상상력을 심화하고 확장한다.

바슐라르(Gaston Bachelard)는 『물과 꿈』에서 물을 무의식 세계의 근본적인 요소라고 보고 부드러운 물과 난폭한 물로 구분했다. 물질적 상상력의 세계에서는 부드러운 물이 난폭한 물보다 우월성을 갖는데, 그것이 일상적이기 때문이다. 바다가 부드러운 물인 시냇물이나 강물만큼 상상의 세계를 지배하지 못하는 이유는 인간이 바다에 접촉하거나 감지하는 기회가 적기 때문이다. 부드러운 물은 원초적이며 절대적이고, 난폭한 물은 인간의 의지력에 대한 대립자로 나타난다. 노아의 홍수가 좋은 예이다. 난폭한 물은 공기와 결합해 파도로, 흙과 결합해 지각 변동이나 지진으로 등장한다. 부드러운 물은 물의 물질적 상상력, 문화의 콤플렉스, 역동적 상상력, 모성적 상상력으로 분류된다.

물의 물질적 상상력은 인간이 직접 물과 접촉해 관능미를 느끼는 것으로 봄의 물, 깊은 물, 복합적인 물로 나타난다. 봄의 물은 맑은 물로 그 속성이 반영과 신성함이다. 거울의 이미지, 즉 나르시스의 이상화가 작용한다. 깊은 물은 잠자는 물로 어둡고, 죽음의 이미지이다. 봄의 물을 물의 표면적인 넓이로 본 것이라면, 깊은 물은 물의 양적인 깊이로 본 것이다. 복합적인 물은 물과 다른 요소가 결합한 것이다. 물과흙의 결합으로 반죽의 이미지, 물과 불의 결합으로 알코올의 이미지, 물과 공기의 결합으로 안개의 이미지가 생겨난다.

문화의 콤플렉스는 물리적인 물과 접근해서 물질화된 세계가 아니라 책, 전설, 신화에서 비롯된 이야기의 영향이 무의식 세계에 뿌리박은 것이다. 문화의 콤플렉스는 카롱의 콤플렉스와 오필리아의 콤플렉스로 나눌 수 있다. 카롱의 콤플렉스는 카롱이 사람을 나룻배에 태워 저승으로 데려간다는 전설에서 비롯된 것으로, 죽음에 의한 이별의 이미지이다. 깊은 물에서의 죽음 이미지가 조용하고 고독하고 관조적이라면, 카롱의 콤플렉스에서의 죽음 이미지는 흐르는 물에 떠내려가는 이별이다. 오필리아의 콤플렉스는 죽음에 대해 수동적인 카롱의 콤플렉스에 비해 갈망하는 성격이다. 여성적이고 마조히스트적인 이미지이다.

역동적인 상상력은 물의 상상력이 물질에 머무르지 않고 인간의 의지력을 지배한다. 가령 맑은 물은 순수화에 대한 의지이다. 모성적 상상력은 어머니 또는 여성에 대한 추억이 무의식에 남아 있어 물을 갈망한다. 어머니의 모유에 의해 알게 된 액체가 무의식에 스며들어 상상 세계를 지배하는 것이다.[1]

금시아 시인의 작품들에서도 바슐라르가 분류한 물의 상상력이 지배한다. 맑은 물, 봄의 물, 흐르는 물, 깊은 물, 잠

---

1 가스통 바슐라르, 『물과 꿈』, 이가림 역, 문예출판사, 1998, 282~285쪽.

자는 물, 죽은 물, 무거운 물, 복합적인 물, 모성적인 물, 여성적인 물은 물론이고 우주의 물, 운명의 물, 슬픔의 물, 그리움의 물, 동백꽃의 물 등으로 변주한다. 난폭한 물을 지배하는 부드러운 물이 작품 세계를 이끌어 시간 의식과 세계 인식을 펼치는 것이다. 혈기 왕성한 젊은 날을 "우당탕탕, 소나기가 한낮을 훔쳐"(「완장」)간 것으로, 통증이 심한 어머니의 삶을 "우울한 심기를 봉합하고 방수해도 우기는/어느새 관절을 뚫고 들어"(「비의 관절」)온다고 표현한다. 춘천 대보름 축제로 시끌벅적한 사람들의 함성을 "강물이 춤춘다"(「독륜차전(獨輪車戰)」)라고, 삿갓을 쓰고 바랑을 짊어진 채 방랑길에 오른 김삿갓을 바람에 날리는 버들개지로 비유하고 그의 책 읽기를 "바람 한 겹에, 물살 한 장에/유유히 필사"(「비서(飛絮)—김삿갓1」)하는 것으로 이미지화한다. 강의 수면을 바라보면서 "어떤 골칫거리에도 편견 없다는 듯 단정이나 의혹이나 명령이 아닌 그저 말갛고 차가운 수평을"(「소양강」) 유지하는 것을 발견하고, 수십 수의 의병가를 지어 의병의 사기를 진작시킨 것은 물론 3대에 걸쳐 의병활동을 뒷바라지한 윤희순 독립운동가를 "망망대해 부표처럼 서 있는 그녀"(「기억한다는 것.— 윤희순 동상 아래에서」)로 소개한다. 시의 밑밥이 눈부신 어휘들로 풍성해져 "시어들 피라미 떼처럼 꼬리"(「밑밥」) 치는 시론까지 제시한다.

2.

한여름이 탐욕스레 그림자를 잘라먹고 있었다
그날처럼 장대비가 내린다

기척을 통과한 시간들
폐쇄된 나루에 주저앉아 있고
물과 뭍에서 나는 모든 것들의 적막
파닥파닥 격렬을 핥기 시작한다

한여름이 햇살을 변호하고
그림자가 그림자의 풍문을 위로하면
열 길 넘는 금기들
장대비처럼 세상을 두들기며 깨어날까

고요한 세상의 쓸쓸함은 물밑 한 뼘 어디쯤일까
왜 휘몰아치는 격렬마저 쓸쓸한 것일까

조용히 상을 물리면
어디에도 없고 어디에도 가득해
서늘하거나 다정한 그리움 하나,
소용돌이치며 자정을 돌아나간다

간혹, 이런 장대비의 시간은
그림자 떠난 어떤 기척의 쓸쓸한 자서전이다
　—「고요한 세상의 쓸쓸함은 물밑 한 뼘 어디쯤일까」 전문

위의 작품의 화자는 "한여름이 탐욕스럽게 그림자를 잘라 먹고 있"는 날을 깨우는 장대비를 만난다. 화자는 "기척을 통과한 시간들"이 "폐쇄된 나루에 주저앉아 있고/물과 뭍에서 나는 모든 것들의 적막"이 지배하는 상황 속에 살아가고 있는데, 장대비를 만나면서 "파닥파닥 격렬을 핥기 시작한다". 그리하여 화자는 "한여름이 햇살을 변호하고/그림자가 그림자의 풍문을 위로하면" 자신이 품고 있었던 "열 길 넘는 금기들"이 "장대비처럼 세상을 두들기며 깨어날" 수 있기를 기대한다.

화자는 그 바람이 이루어지기가 쉽지 않다는 것을 인지한다. "고요한 세상의 쓸쓸함은 물밑 한 뼘 어디쯤일까"라고 토로한 데서 볼 수 있듯이 외롭고 허전한 세상의 무게가 물밑에 있는 화자의 격렬함이나 두들기는 힘을 억누르고 있기 때문이다. 화자가 "왜 휘몰아치는 격렬마저 쓸쓸한 것일까"라고 토로하고 있는 데서도 확인된다.

그렇지만 세상의 쓸쓸함이 화자의 마음을 삭제하거나 소멸시킬 수는 없다. 화자의 마음은 "조용히 상을 물리면/어디에도 없고 어디에도 가득"하고, 또 "서늘하거나 다정한 그리움 하나"로 남은 것이다. 화자의 그리움은 물에 결코 용해되지 않는다. "소용돌이치며 자정을 돌아나"가는 모습에서 보듯이 생성물로서 움직인다. 수심이 깨어나는 봄날에 물밑에서 쓸쓸하게 있던 그림자들이 "버들개지 속눈썹을 열고 나

124

와/화들짝, 비상"(『수몰』)하는 모습과 같은 것이다.

　따라서 "간혹, 이런 장대비의 시간은/그림자 떠난 어떤 기적의 쓸쓸한 자서전"이라는 화자의 자조는 눈길을 끈다. 화자가 자신을 지키려고 하는 감정이기 때문이다. 열렬한 목소리를 내는 의식은 아니지만, 근원적인 감정이기에 존재를 견지한다. 그것으로 화자의 물밑 파문은 소멸하지 않는다.

　　　내 꼬리뼈 근처에는
　　　끓는 물 속에 살던 물고기가 있다

　　　온도마저 흐릿해져 지느러미만 남은 흉터, 그렇지 흉터 지
　　　느러미는 전생이 물고기여서

　　　쏜살같이 내달린 적 많았다
　　　살랑살랑 꼬리 친 적 있었다

　　　슬픔은 울음 쪽으로 굳은살이 박이지만 흉터가 꼭 부정적인
　　　것만은 아니어서 어떤 슬픈 흉터는 물고기 지문의 본분으로 온
　　　몸을 이끌고 다닌다

　　　휘몰아치는 비탈길이나 급류 앞에서
　　　머뭇거린다거나 뒷걸음질이라도 칠 때면

　　　꼬리 흉터는,

할머니처럼 곱은 손을 내밀거나 부표처럼 발칙하게 도드라
져 복숭아벌레처럼 유유한 키잡이가 되고

꿈자리 파도치는 날이면

꼬리지느러미,
나풀나풀 춤추는 한 마리 나비가 된다
—「흉터 지느러미」 전문

　위의 작품의 화자는 "내 꼬리뼈 근처에는/끓는 물속에 살
던 물고기가 있다"라고 신체의 비밀을 밝히고 있다. 이 고백
에서 주목되는 면은 꼬리뼈 근처에 물고기가 살았는데, 그
물고기의 생존 환경이 끓는 물속처럼 악조건이었다는 사실
이다. 그 결과 물고기는 "온도마저 흐릿해져" 가는 시간이 흐
른 뒤 "지느러미만 남은 흉터"를 남긴 채 소멸했다.
　그렇지만 화자는 물고기가 자신의 몸에서 소멸했다고 여
기지 않고, "흉터 지느러미는 전생이 물고기"라고 간주한다.
물고기가 자신의 몸속에 여전히 살아 있다고 여기는 것으로,
살아오는 동안 "쏜살같이 내달린 적 많았다"라고, "살랑살랑
꼬리 친 적 있었다"라고 고백한 데서도 볼 수 있다. 화자는
자기의 모습을 "슬픔은 울음 쪽으로 굳은살이 박이지만 흉
터가 꼭 부정적인 것만은 아니어서 어떤 슬픈 흉터는 물고기
지문의 본분으로 온몸을 이끌고 다닌다"라고 의미화한다. 자

기가 겪어야 했던 슬픔이나 울음이나 흉터를 배척하지 않고 포용한다. 흉터가 물고기 지문의 본분으로 자기를 이끌고 다닌다고 긍정하는 것이다.

화자는 자기가 "휘몰아치는 비탈길이나 급류 앞에서/머뭇거린다거나 뒷걸음질이라도 칠 때면" 꼬리 흉터는 "할머니처럼 곱은 손을 내밀거나 부표처럼" "유유한 키잡이가" 된다고 소개한다. 자기가 나아가는 길을 이끌어주는 푯대 같은 역할을 한다는 것이다. 그리하여 "꿈자리 파도치는 날이면//꼬리 지느러미,/나풀나풀 춤추는 한 마리 나비가 된다"라고 노래한다.

3.

바다는 그를 발탁했다

물고기 숨으로 바다를 통역하는 머구리의 본능과 천리안으로 물을 물색하는 사내 K가 바다에겐 안성맞춤이었을 것이다

바닷속에 들어가 바다를 제시간에 건져내는 일은 자신을 소생시키는 골든타임,

그러나 K는 바다를 배신하지 않았다

긴 호스로 공급되는 지상의 탯줄을 끊고 물속에서도 물 밖
을 유유히 들이쉬는 물고기 근육과 아가미를 가진 K는 이미 바
다의 생물체,

바다를 가장 오래 걸을 수 있는 그의 몸은 어떤 수압에도 끄
떡없어 혹등고래 지느러미처럼 유려하겠다

바다를 박차고 높이 뛰어오른다거나 폭풍우 치는 밤 아무도
몰래 부둣가를 순찰하고 돌아간다면 그도 물 밖이 그립다는 것
일 게다

바다를 향해 수저 한 벌 가지런히 올린다

K, 그는 지금 심해 어느 수심을

—「머구리 K」 전문

위의 작품의 "머구리 K"는 바다에서의 잠수부로 삶을 영위
했다. 수십 킬로그램이나 되는 잠수복을 입고 한 가닥의 공
깃줄 가닥에 목숨을 맡긴 채 물속에서 해산물을 채취하는 일
은 여간 힘든 것이 아니다. 공깃줄이 잘못되면 목숨을 잃을
수도 있다. 그런데도 그는 가족의 생계를 위해 깊은 바닷속
에서 사투를 벌였다.

작품의 화자는 힘들고 위험한 일을 한 "머구리 K"의 삶을
인정하고 있다. "바다는 그를 발탁했다"라거나, "물고기 숨으

로 바다를 통역하는 머구리의 본능과 천리안으로 물을 물색하는 사내 K가 바다에겐 안성맞춤이었"다고 인식한 데서 볼 수 있다. "바닷속에 들어가 바다를 제시간에 건져내는 일은 자신을 소생시키는 골든타임"이라고 말한 데서도 확인된다.

그런데 "K는 바다를 배신하지 않았다". 다시 말해 "긴 호스로 공급되는 지상의 탯줄"이 끊겨 목숨을 잃고 만 것이다. 화자는 그 모습을 "물속에서도 물 밖을 유유히 들이쉬는 물고기 근육과 아가미를 가진 K는 이미 바다의 생물체"라고 여긴다. "바다를 가장 오래 걸을 수 있는 그의 몸은 어떤 수압에도 끄떡없어 혹등고래 지느러미처럼 유려하겠다"라고 상상한다.

화자가 "머구리 K"의 삶을 역설적으로 기술한 것은 그의 삶의 의미를 부각하기 위해서이다. "머구리 K"는 사고로 목숨을 잃기까지 잠수부 생활에 최선을 다했다. 바다가 부른 것을 자신의 운명으로 여기고 기꺼이 감당했다. 경제적 소득을 추구하는 것 이상으로 머구리 생활에 진력한 것이다.

화자는 "머구리 K"가 "바다를 박차고 높이 뛰어오른다거나 폭풍우 치는 밤 아무도 몰래 부둣가를 순찰하고 돌아간다"라고 상상한다. 그도 인간이기 때문에 식구들과 친척들과 이웃들과 친구들을 그리워할 수밖에 없기 때문이다. 그리하여 화자는 "머구리 K"가 일하고 있는 "바다를 향해 수저 한 벌 가지런히 올린다". "K, 그는 지금 심해 어느 수심을" 유영 중일까라고, 다른 세상에서도 머구리로서 잘 살아가기를 기원하는 것이다.

화자는 바다를 공상적인 장소로 여기지 않는다. 오히려 자신이 볼 수 있고, 만질 수 있고, 먹을 수 있는 대상으로 삼는다. 바다는 폭풍으로 무서운 파도가 쳐도 포기할 수 없는 삶의 터전이다. 거칠고 난폭한 삶의 조건에 물러서지 않고 "머구리 K"는 맞섰다. 힘으로 대항할 수 없는 경우에는 인간다운 지혜를 발휘했다.

포구들이란
망망(茫茫)을 뒤지던 배들이 돌아와
흘수선 끝에서 잠드는 곳
두 눈과 귀를 틀어막아도 가득한 곳

막다른 길목의 궁리는 포구로 간다

잘생긴 궁리의 일몰 속에는
초모랑마를 넘는 양치기의 얼굴이 있고
밤 외출하는 여자 같은 모호한 입술이 있어
사막고원을 넘는 시원(始原)처럼
바다의 서쪽 시간들
황금빛으로 끼룩거린다

뒤죽박죽 얽히고설킨 궁리의 초점

활시위를 팽팽하게 당긴다

내게 주는 구제처럼
오직 자신의 심장 소리에만 골몰할 수 있는
'아멘 코너' 같은 궁리포구,
기억 저 밑바닥에서부터 젖어오는
슬픔을 다독거리는

궁리의 잠, 무탈하다

— 「궁리포구」 전문

"궁리포구"는 충청남도 남당항로에 있는 실제의 장소인데,
"포구들이란/망망(茫茫)을 뒤지던 배들이 돌아와/흘수선 끝에
서 잠드는 곳"이라고 기술했듯이 다른 포구들과 유사한 풍경
이다. 돌아온 배들이 "두 눈과 귀를 틀어막아도 가득한" 장소
인 것이다.

위의 작품의 화자는 "막다른 길목의 궁리는 포구로 간다"
라고 밝히고 있다. 살아가는 일이 얽히고설켜 복잡할 때 궁
리를 마련하려고 찾아간 것이다. 포구는 배들이 바다로 나아
가는 시점이면서 출항했던 배들이 돌아와 정박하는 종점이
기도 하다. 배들이 만선을 기대하며 출항을 준비하거나 항해
를 마친 배들이 돌아와 쉬는 거점이다. 불어오는 태풍이나
밀려오는 파도를 막아주는 지상의 집과 같은 곳이다.

"잘생긴 궁리의 일몰 속에는/초모랑마를 넘는 양치기의 얼굴이 있"다. "밤 외출하는 여자 같은 모호한 입술"도 있다. 주저하거나 망설이지 않고 각자 지향하는 곳으로 나아가는 모습이다. "사막고원을 넘는 시원(始原)처럼/바다의 서쪽 시간들/황금빛으로 끼룩거린다"라는 묘사도 그러하다. 화자는 그 궁리포구에서 "뒤죽박죽 얽히고설킨 궁리의 초점/활시위를 팽팽하게 당긴다".

화자가 삶을 힘들어하는 이유는 슬픈 일들 때문이다. 그것이 구체적으로 무엇인지 나타나지는 않았지만, 누구에게나 있는 삶의 상황이기에 충분히 유추할 수 있다. 화자는 그것을 해결할 수 있는 지혜를 얻기 위해 "궁리포구"를 찾았다. 그리고 "내게 주는 구제처럼/오직 자신의 심장 소리에만 골몰할 수 있는/'아멘 코너' 같"은 위로를 받는다. "기억 저 밑바닥에서부터 젖어오는/슬픔을 다독거리는" 포구의 따뜻한 손길도 느낀다. 화자는 "궁리의 잠, 무탈"한 것을 바라보면서 자신에게도 무탈한 일상이 영위되기를 기대한다.

새빨갛게 물든 한 폭의 안골포
저녁 해가 횃불처럼 포구를 밝히는 동안
바다와 갯벌 그 배접 끝에서
노부부가
노을을 캐고 있다

늙은 아내가 호미로 한 움큼씩 노을을 캐내면
노인은 깜짝 놀라 입을 꼭 다문 노을을
얼른 망에 주워 담는다
햇불이 사그라지기 전에
딱 하루만큼만 채운 노을 자루를
비척비척 밀며 끌며 가는 노부부의
느리고 굼뜬 실루엣,
저리 더딘데 어느새 이리 멀리 왔을까

캐낸다는 것은
자벌레처럼
수없이 구부정한 허리를 폈다가 구부리는 수행
생채기 덧나고 덧나 굳은살 박인
오체투지 같은 것

끝없는 이야기처럼
막다른 아픔과 적막한 슬픔이 물든
안골포의 하루 퇴장하면
호밋자루처럼 접힌 노부부의 긴 그림자
가로등 환한 언덕을
달팽이처럼 기어 올라간다

큰 대야 속의 노을
뻐끔뻐끔 밭은 잠을 해감하는 동안
밤새 칠흑 같은 갯벌은 두근두근 여울지겠다

                         —「노을을 캐다」 전문

위의 작품의 화자는 "새빨갛게 물든 한 폭의 안골포"에서 "저녁 해가 횃불처럼 포구를 밝히는 동안"에 "바다와 갯벌 그 배접 끝에서/노부부가/노을을 캐"는 모습을 바라보고 있다. "늙은 아내가 호미로 한 움큼씩 노을을 캐내면/노인은 깜짝 놀라 입을 꼭 다문 노을을/얼른 망에 주워 담는다".

노부부가 노을을 캔다는 것은 평생 함께 일을 해온 것을 상징한다. 의식주 해결을 위해 일하는 동안에는 당연히 힘들고 피곤하고 고통스럽다. 노을을 "캐낸다는 것은/자벌레처럼/수없이 구부정한 허리를 폈다가 구부리는 수행"이고, "생채기 덧나고 덧나 굳은살 박인/오체투지 같은 것"이 그 상황이다.

일은 이념 이전의 일상이고 노동이다. 생산을 이루기 위한 목적이나 수단에 국한되지 않는 삶의 과정이다. 능률이나 생산성을 추구하는 것 이상의 가치이다. "횃불이 사그라지기 전에/딱 하루만큼만 채운 노을 자루를/비척비척 밀며 끌며 가는 노부부의" 모습이 그러하다. 화자는 노부부의 "느리고 굼뜬 실루엣"을 바라보며 "저리 더딘데 어느새 이리 멀리 왔을까"라고 생각한다. 그들이 일해온 삶이 어느덧 막바지에 이르렀음을 목격하며, 유한한 생의 나머지 시간을 살펴보는 것이다.

화자는 "끝없는 이야기처럼/막다른 아픔과 적막한 슬픔이 물든/안골포의 하루 퇴장하"는 길을 떠올린다. "호밋자루처

럼 접힌 노부부의 긴 그림자"가 "가로등 환한 언덕을/달팽이
처럼 기어"오른다. 함께 일한 노부부는 함께 하루를 마감한
다. 함께하기에 그들은 부드럽게 움직인다. 삶의 과정에서
맞닥뜨리는 아픔과 슬픔에 굴복하지 않은 힘을 내는 것이다.

4.

물길을 젓는다
호수 한가운데에서 가만히 노를 놓고
출렁이는 눈을 지그시 감는다
어느새 멀리 떠내려와버린 삶의 오감,

호수에 청진기를 꽂고 물의 심장 소리를 읽는다

눈을 뜨면 자욱했던가
휘청거리던 봄날은 자꾸 설익었던가
검은 구름 휘몰아치며 부서지던 범람들
자각몽은 얼마나 파닥이던 꿈이었을까

쾌속으로 달리는 모터보트의 날갯짓
글썽글썽 묽어지고 헐거워져
투명해지는 동안
삶의 가속만큼 골짝을 굽이쳐온 물의 파장
조용히 섞이고 나누어진다

좀체 오리무중인 호수

그 눈부신 몰두와 채록을 읽고 있는

윤슬의 아미, 진중하다

—「호수를 읽다」 전문

위의 작품의 화자는 "물길을 젓"다가 "호수 한가운데에서 가만히 노를 놓고/출렁이는 눈을 지그시 감는다". "어느새 멀리 떠내려와버린 삶의 오감"을 느껴 "호수에 청진기를 꽂고 물의 심장 소리를 읽는다". 시각, 청각, 미각, 후각, 촉각을 나타내는 데 한정되지 않는 삶의 실재를 들으려고 하는 것이다. 인간의 생이란 온몸을 써서 일하는 것으로 부단하게 움직이는 물과 같다. 화자가 호수에 청진기를 꽂고 심장 소리를 듣고 있는 것이 그 행동이다.

화자는 호수의 심장 소리를 들으면서 "눈을 뜨면 자욱했던가", "휘청거리던 봄날은 자꾸 설익었던가"라고 지나간 시간을 회상한다. 그러면서 "검은 구름 휘몰아치며 부서지던 범람들"을 떠올리고, "자각몽은 얼마나 파닥이던 꿈이었을까"라고 되돌아본다. 자각몽이란 꿈을 꾼다는 사실을 인식하면서도 꾸는 꿈이다. 화자는 꿈을 꾸는 동안 견고한 의식을 가지면 꿈을 조절할 수 있다고 믿었다. 현실에서 불가능한 일들을 꿈속에서 이룰 수 있다고 여겼고, 실제의 삶에서도 이루어지기를 희망했다. 그렇지만 화자는 파닥거리기만 했을

뿐 꿈을 이루지 못했다고 인정한다.

그렇지만 화자는 그것을 안타까워하거나 후회하지 않는다. 호수의 물이 청진기를 통해 일러주었기 때문이다. 화자는 시간의 흐름을 이해하라는 호숫물의 충고를 받아들여 흐르는 시간에 몸을 실었다. 그러자 "쾌속으로 달리는 모터보트의 날갯짓/글썽글썽 묽어지고 헐거워"지는 것이 눈에 들어온다. 시간의 흐름이 "투명해지는 동안/삶의 가속만큼 골짝을 굽이쳐온 물의 파장/조용히 섞이고 나누어"지는 것도 보인다.

화자는 "좀체 오리무중인 호수"를 새롭게 바라본다. 이전에는 짙은 안개 속에 있는 호수를 파악하기 힘들었다. 마치 갈피를 잡기 어려운 일상과 같은 것이었다. 화자가 호수를 다시금 바라보자 "그 눈부신 몰두와 채록을 읽고 있"고, 그 "윤슬의 아미, 진중"한 모습이 눈에 띈다. 아름다운 눈썹뿐만 아니라 시간에 몰두하는 진중한 자세가 보이는 것이다.

화자에게 진중함을 일러준 호수는 풍경이 아니라 시간의 물이다. 삶의 시간이 스며든 호수는 깊고 무겁고 넓고, 그리고 움직인다. 움직이는 호수는 마중 나온 나비처럼 창문을 두드린다. 두꺼비의 등을 타고 물꼬를 보러 나선다. 은신처가 있는 집을 찾아 물소리가 졸졸 흐르는 길을 따라간다. 절명한 김유정의 문장들이 안타까워 소낙비에 젖으며 꽃점을 친다. 우기에 젖는 동안 사람에 들거나 사람을 들인다. 바람을 흉내 내는 고독을 출렁이는 방죽으로 데려간다. 쓸쓸한 그림자들의 목덜미를 물의 습성으로 간질인다. 징조도 없이 거듭하는 시행착오의 눈물을 닦아준다. 탱자나무 울타리에 촘촘하게 끼인 그리움을 꺼내 물 위에 띄운다. 세상에서 가장 큰 깃발을 물의 기운을 넣고 흔든다. 소멸하지 않고 수백 년 만에 눈뜬 연꽃 옆에 멀고 먼 전략으로 부드러운 시를 심는다.

孟文在 | 문학평론가 · 안양대 교수

금시아 시집

• • •

고요한 세상의 쓸쓸함은 물밑 한 뼘 어디쯤일까